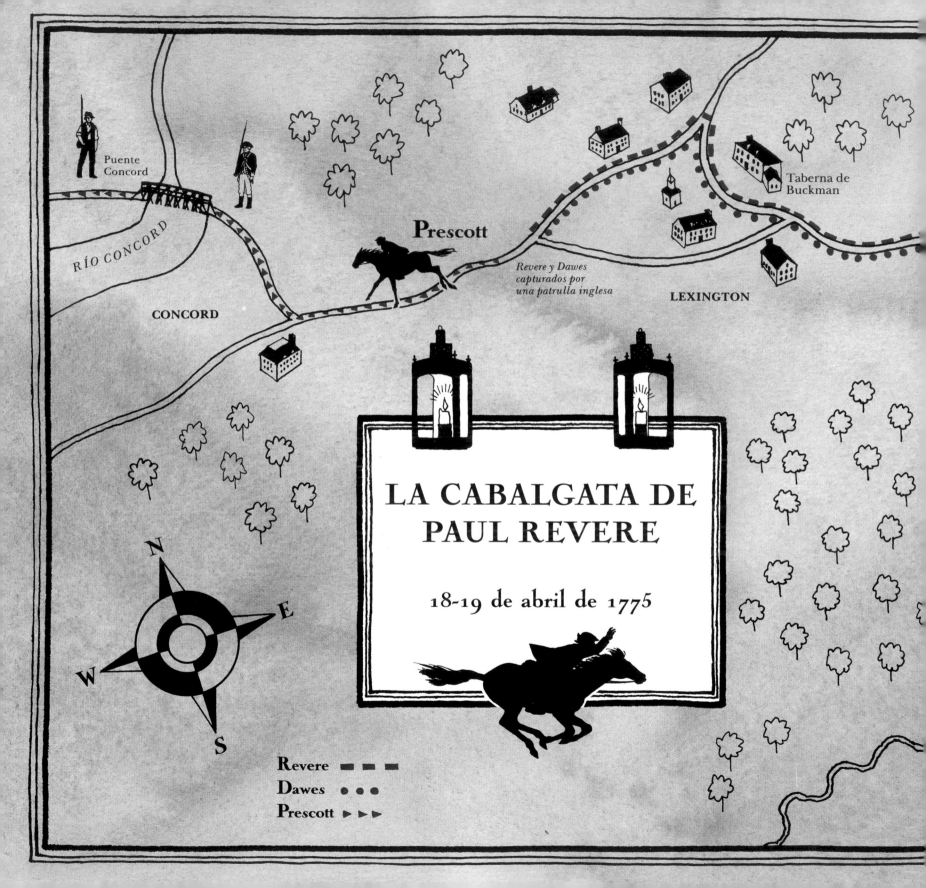

Puente Concord

RÍO CONCORD

CONCORD

Prescott

Revere y Dawes
capturados por
una patrulla inglesa

LEXINGTON

Taberna de
Buckman

LA CABALGATA DE
PAUL REVERE

18-19 de abril de 1775

N

E

W

S

Revere ▬ ▬ ▬
Dawes ● ● ●
Prescott ▶ ▶ ▶

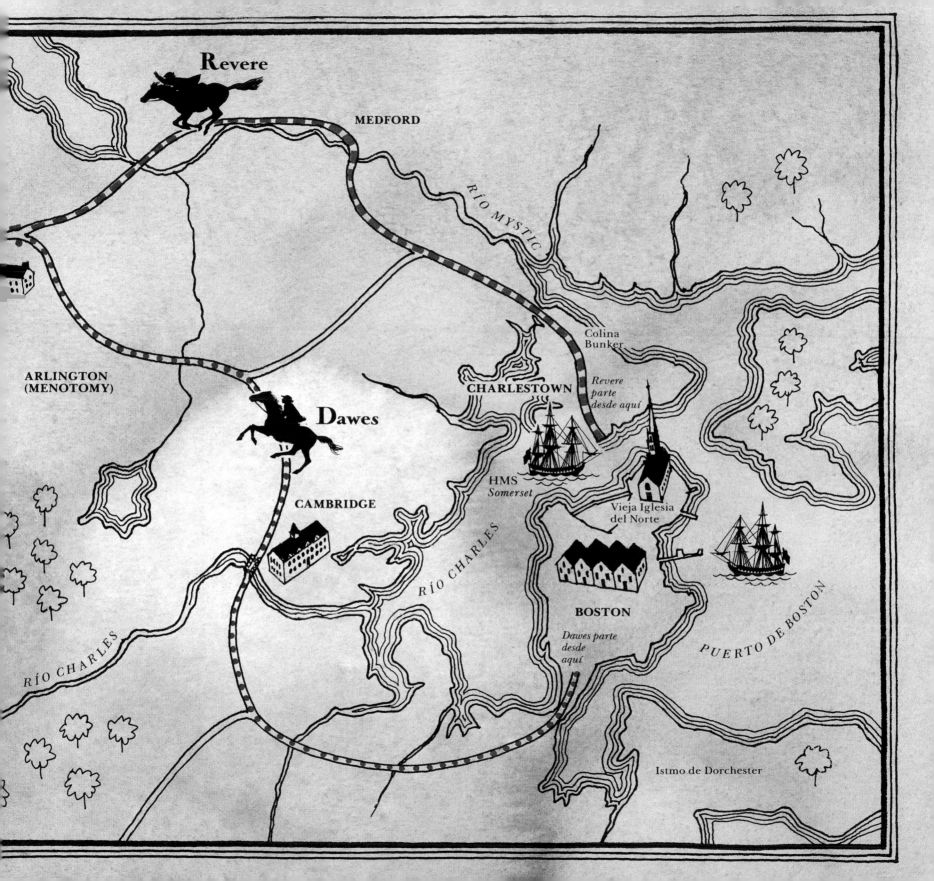

Revere

MEDFORD

RÍO MYSTIC

ARLINGTON
(MENOTOMY)

Dawes

Colina
Bunker

*Revere
parte
desde aquí*

CHARLESTOWN

CAMBRIDGE

HMS
Somerset

Vieja Iglesia
del Norte

RÍO CHARLES

RÍO CHARLES

BOSTON

RÍO CHARLES

*Dawes parte
desde aquí*

PUERTO DE BOSTON

Istmo de Dorchester

LA CABALGATA DE PAUL REVERE

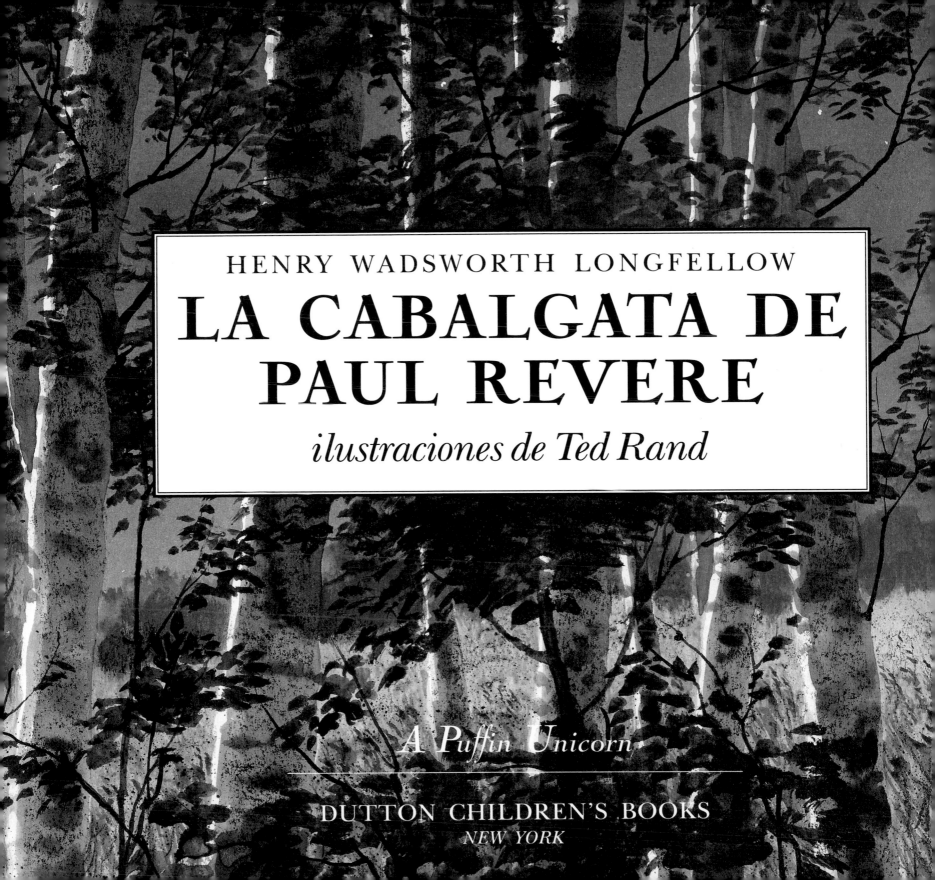

HENRY WADSWORTH LONGFELLOW

LA CABALGATA DE PAUL REVERE

ilustraciones de Ted Rand

A Puffin Unicorn

DUTTON CHILDREN'S BOOKS
NEW YORK

Escuchen, niños míos, y les contaré
Sobre la cabalgata nocturna de Paul Revere
Del dieciocho de abril del setenta y cinco;
Fecha heroica y célebre en nuestra historia
De la que hoy no muchos guardan memoria.

A su amigo así le dijo: "Si del pueblo parte
La tropa inglesa esta noche por tierra o por mar,
En el campanario de la Iglesia del Norte
Un farol cuelga a modo de señal…
Uno, si avanzan por tierra, y dos, si por mar;
Y estaré yo esperando en la ribera opuesta,
Listo para cabalgar y la voz de alarma dar
Por todas las aldeas y granjas de Middlesex,
Y así a los campesinos en armas levantar".

"¡Buenas noches!" dijo luego, y con remo sigiloso
Hacia la costa de Charlestown en silencio bogó,
Justo cuando la luna sobre la bahía se asomaba,
Donde el británico buque de guerra *Somerset*
En sus amarras se balanceaba;
Barco fantasma, cuyos mástiles y palos
Como barrotes carcelarios la luz lunar atravesaban,
Y un enorme casco negro se agrandaba
Con su propio reflejo en la marea.

Su amigo, entretanto, con oído ansioso,
Por calles y callejones deambula vigilante,
Hasta que en medio del silencio escucha
La revista de tropas a las puertas del cuartel,

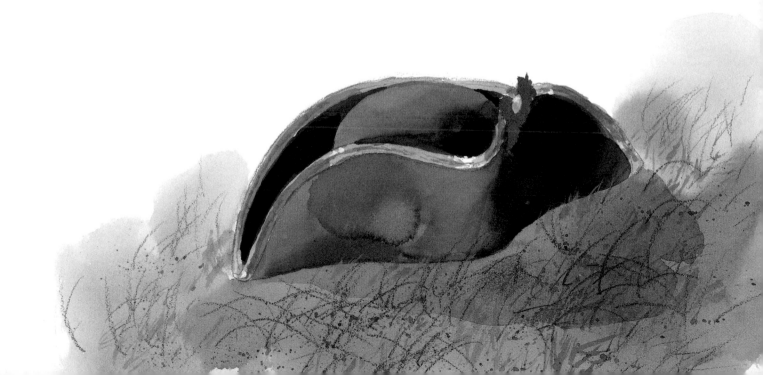

Entonces, sigilosamente, a la torre
De la Vieja Iglesia del Norte subió;
Por los peldaños de madera al campanario trepó,
Y las palomas, que en las vigas sombrías se posaban,
Espantadas, a su alrededor se desbandaron,
Bultos y sombras movedizas dibujaron…
Por la insegura escalera, alta y empinada,
Ascendió así hacia la ventana más elevada,

Donde detúvose a escuchar y mirar
Por un momento los tejados de la ciudad,
Y el panorama bañado en la plateada luz lunar.

Abajo en el camposanto yacían los muertos,
En su oscuro campamento en la colina,
Envueltos en silencio tan profundo y quieto
Que podía oír, como pasos de centinela,
El desvelado andar del nocturno viento,
Deslizándose de tienda en tienda
Y pareciendo susurrar: "¡Todo está bien!"
Sólo un momento siente el hechizo
Del lugar y la hora, y el pavor secreto
Del campanario solitario y de los muertos;
Mas de pronto toda su atención se desvía
Hacia algo indefinido allá a lo lejos,
Donde el río se ensancha para unirse a la bahía…
Una negra línea que se encorva y flota
En la marea creciente, como un puente de barcas.

Mientras tanto, impaciente por montar y cabalgar,
Enérgico el pisar de sus botas con espuelas,
En la orilla opuesta caminaba Paul Revere.
Ora el anca de su caballo palmeaba,
Ora el paisaje cercano y distante contemplaba;
Luego con violencia el suelo pisoteaba,
Y ceñía y ajustaba de su montura la cincha;
Pero sobre todo ansiosamente observaba
De la Vieja Iglesia del Norte el campanario,
Que sobre las tumbas en la colina se alzaba,
Quieto y espectral, sombrío y solitario.

¡Y de pronto descubre, allá en el campanario,
Una tenue luz, y luego un vivo destello!
Monta entonces de un salto, la brida vuelve…
Pero se demora y observa, y a su vista aparece
¡Un segundo farol que en la torre se enciende!

Un resonar de cascos en una calle de aldea,
Una figura a la luz de la luna, un bulto en la oscuridad,
Y de los guijarros, al galopar, una chispa arranca
Un corcel que corre veloz y audaz.

¡Eso fue todo! Sin embargo, entre las sombras y la luz,
El destino de una nación aquella noche cabalgaba;
Y la chispa que aquel corcel, en galope raudo arrancó,
Con la llama de su fuego la patria entera inflamó.

Ha dejado ya la aldea y trepado la pendiente,
Y allá abajo, vasto, profundo y calmo,
El río Mystic se une a las mareas del mar;
Y bajo los alisos que su orilla bordean,
Ya suave en la arena, ya sonoro en el banco de roca,
Se oye el andar brioso del corcel en que galopa.

Las doce en punto el reloj de la aldea daba,
Cuando el puente cruzó entrando en Medford.
Oyó el cacareo del gallo
Y el ladrar del perro del granjero,
Y sintió la humedad de la niebla del río,
Que se levantaba al ponerse el sol.
El reloj del pueblo la una marcaba,
Cuando en Lexington galopando entró.
La dorada veleta que en lo alto giraba
Bajo la luz de la luna vio al pasar;
Y negras y desnudas del templo las ventanas
Lo observaron con mirada espectral,
Como si ya horrorizadas presenciaran
La sangrienta escena que allí tendría lugar.

En el reloj del pueblo eran justo las dos,
Cuando en Concord el puente atravesó.
Oyó el balar del rebaño
Y, entre los árboles, el gorjeo de las aves;
Y sintió el aliento de la brisa matutina
Que soplaba en las pardas praderas.

Y en su cama dormido y a salvo estaba
Quien en el puente sería el primero en caer,
Quien ese día muerto habría de yacer,
Atravesado por la bala de un mosquete inglés.

Ustedes conocen ya el resto. En los libros han leído
Cómo las tropas regulares inglesas abrieron fuego y huyeron…
Cómo los granjeros bala por bala respondieron
Desde atrás de cada tapia y cada cerca de corral,

A los casacas rojas por la senda persiguiendo,
Luego el campo cruzando para otra vez aparecer
Bajo los árboles al doblar el camino,
Y parando sólo para abrir fuego y las armas cargar.

Así, durante toda la noche Paul Revere cabalgó;
Y durante toda la noche su grito de alarma dio
Por todas las aldeas y granjas de Middlesex…
Un grito de desafío y no de miedo,
Una voz en la oscuridad, una llamada a la puerta,
¡Y una palabra que por siempre jamás resonará!
Porque acuñada en el viento nocturno del Pasado,
En toda nuestra historia, hasta el fin,
En las horas difíciles, de peligro y adversidad,
El pueblo ha de despertar y alerta escuchará
El rápido galope de aquel corcel
Y el mensaje nocturno de Paul Revere.

Unas palabras más sobre la cabalgata de Paul Revere

En los tiempos de la cabalgata de Paul Revere, las trece colonias norteamericanas, que se extendían por la costa oriental, se hallaban bajo el dominio de Gran Bretaña. Durante muchos años, los colonos americanos, provenientes en su mayoría de Inglaterra, habían ido enfriando las relaciones con su remota madre patria. Algunos pensaban que las colonias debían tener su propio gobierno, que los impuestos exigidos por los ingleses y las leyes que restringían la vida de los americanos eran injustos. Por otra parte, desaprobaban la presencia de tantos soldados ingleses enviados a Boston para mantener el orden y sofocar cualquier posible levantamiento.

Paul Revere, que era platero, fue uno de los americanos que se pronunciaron y decidieron actuar contra el rey inglés y su gobierno. Él y muchos otros opinaban que la guerra con Gran Bretaña era inminente.

En la fría y ventosa noche del 18 de abril de 1775, las tropas británicas avanzaron secretamente desde Boston hacia el cercano pueblo de Concord, donde sospechaban que los colonos almacenaban armas. Los americanos esperaban tal acción, pero no sabían qué ruta escogerían los ingleses desde Boston: si los soldados cruzarían en barcas el río Charles o marcharían bordeando la boca del río.

Robert Newman, amigo de Paul Revere, fue elegido para vigilar desde la torre de la Vieja Iglesia del Norte, los movimientos del ejército. Desde allí, teniendo frente a sí una buena vista de toda la ciudad, vio cuando los ingleses comenzaban a cruzar el río en botes. Les hizo la señal convenida a Paul Revere y a otros, quienes cabalgaron anticipándose a los soldados y fueron avisando a los americanos que venían los ingleses.

A la mañana siguiente, los americanos siemprelistos, así llamados porque eran milicianos siempre prontos para prestar servicio en el acto, estaban armados y preparados para la lucha. Hicieron fuego contra los soldados ingleses, forzándolos finalmente a retirarse y regresar a Boston. Esta fue la primera batalla de la Revolución Norteamericana, que concluyó seis años más tarde con la rendición del general inglés Charles Cornwallis ante George Washington.

Se agradece a Ruth Dunlop y a la Biblioteca
de Mercer Island su colaboración en
la investigación sobre Paul Revere.

T. R.

Penguin Books USA Inc., 375 Hudson Street, New York, New York 10014, U.S.A.
Penguin Books Ltd, 27 Wrights Lane, London W8 5TZ, England
Penguin Books Australia Ltd, Ringwood, Victoria, Australia
Penguin Books Canada Ltd, 10 Alcorn Avenue, Toronto, Ontario, Canada M4V 3B2
Penguin Books (NZ) Ltd, 182-190 Wairau Road, Auckland 10, New Zealand
Penguin Books Ltd, Registered Offices: Harmondsworth, Middlesex, England

CIP Data disponible
ISBN 0-14-055811-X
Publicado en los Estados Unidos de América por
Dutton Children's Books, una división de
Penguin Books USA Inc., 375 Hudson Street, New York, New York 10014
Impreso en los Estados Unidos de América
Primera edición en español   10 9 8 7 6 5 4 3 2 1
LA CABALGATA DE PAUL REVERE disponible en formato
de tapa dura de Dutton Children's Books.

Edición en inglés disponible

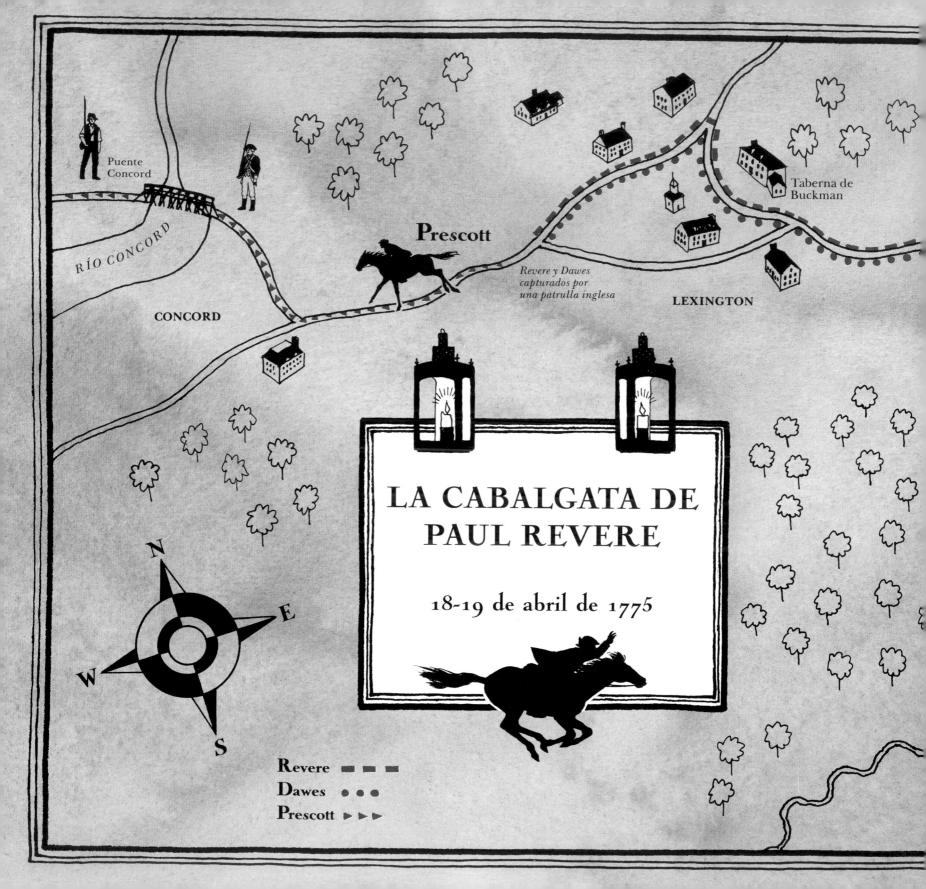

Puente Concord

RÍO CONCORD

CONCORD

Prescott

*Revere y Dawes
capturados por
una patrulla inglesa*

LEXINGTON

Taberna de
Buckman

**LA CABALGATA DE
PAUL REVERE**

18-19 de abril de 1775

N

E

W

S

Revere ▬ ▬ ▬
Dawes ● ● ●
Prescott ▶ ▶ ▶

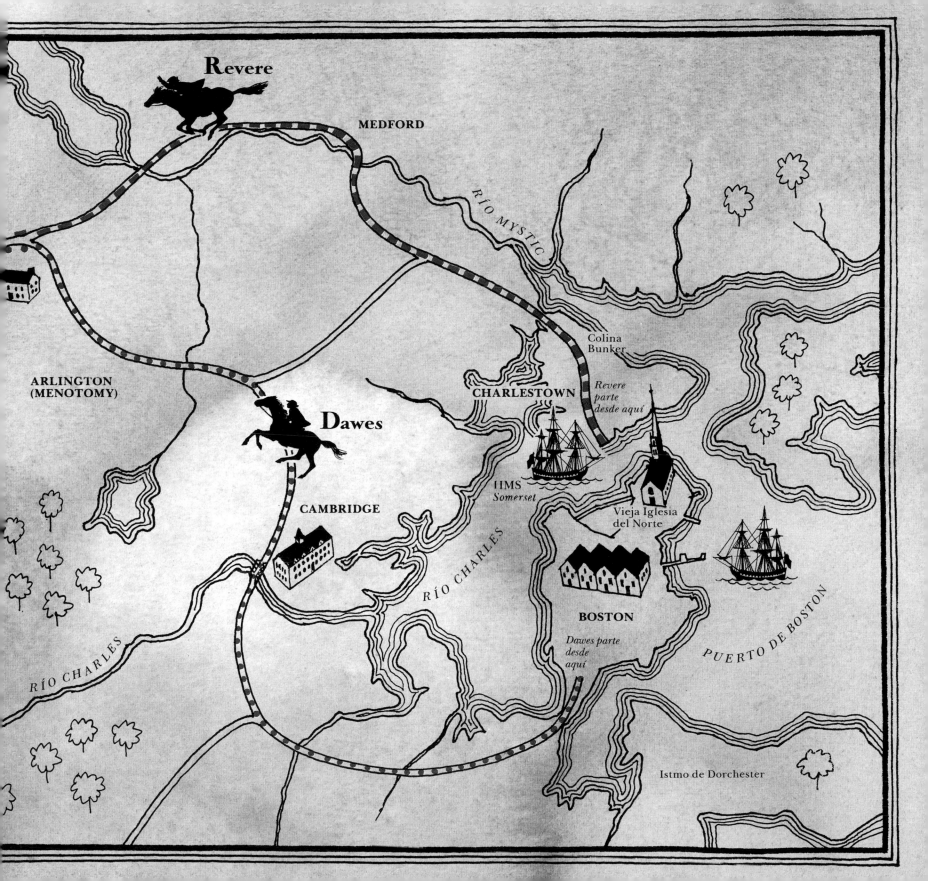

Revere

MEDFORD

RÍO MYSTIC

Colina
Bunker

*Revere
parte
desde aquí*

ARLINGTON
(MENOTOMY)

Dawes

CHARLESTOWN

HMS
Somerset

CAMBRIDGE

Vieja Iglesia
del Norte

RÍO CHARLES

RÍO CHARLES

BOSTON

*Dawes parte
desde aquí*

PUERTO DE BOSTON

Istmo de Dorchester